Tectônicas

SOLANGE CASOTTI

Bem-Te-Vi

Bem-Te-Vi Produções Literárias
Av. Presidente Wilson, 231, 10º andar, Centro
Rio de Janeiro – RJ, Cep 20030 021
e-mail: bem-te-vi@bem-te-vi.net
www.editorabemtevi.com.br

Editoras responsáveis
Vivi Nabuco e Lucia Almeida Braga

Editoria executiva
Lélia Coelho Frota

Assessor especial
Fernando Pedreira

Assessoria jurídica
Manoel Nabuco

Design gráfico
Fernanda Pinto

Editoração eletrônica
Marcello Braga Machado

Comissão de Poesia da Coleção Canto do Bem-Te-Vi

Armando Freitas Filho
Lélia Coelho Frota
Lúcia Almeida Braga
Luiz Paulo Horta
Silviano Santiago

Revisão dos autores

CIP-BRASIL. CATALOGAÇÃO-NA-FONTE
SINDICATO NACIONAL DOS EDITORES DE LIVRO, RJ
C334t
Casotti, Solange, 1965-
Tectônicas / Solange Casotti. - Rio de Janeiro : Bem-Te-Vi, 2007.
(Canto do Bem-Te-Vi)
ISBN 978-85-88747-23-4
1. Poesia brasileira. I. Título. II. Série.
07-0219. CDD: 869.91
CDU: 821.134.3(81)-1
19.01.07 24.01.07 000206

Para Antonio e Ricardo

Porque uma ecologia do espírito e uma ecologia do mundo mostram que, de tanto querer dissecar a natureza, acabamos por destruí-la. Esse é o risco maior desta virada de século. Trata-se, certamente, da natureza circundante, mas, também, da natureza que está em nós: corpo individual e corpo social, constituídos de emoções, de afetos, de subjetividades, de humores, cuja interação e correspondência são das mais fecundas. Os autores vitalistas, apesar de ou graças a suas diferenças permitem, justamente, pensar que existe uma "tectônica da natureza", que serve de fundamento ao "ser no mundo", individual ou social.

Michel Maffesoli

Agradecimentos

Bruno Casotti
Guilherme Secchin
Juliana Saad
Márcia Guimarães
Paula Dias
Yassu Noguchi

Do tempo ou dentadas de saturno

ahí donde la piedra se rompe
el juício crece, ahí donde la
punta de acero se embola,la
gota de água perfora un camino

Octavio Paz

A NAVE MÃE

Bem vindos a bordo,
esta espaçonave encontra-se preparada
para exorcizar possíveis mesquinharias.
No entanto, não está equipada
contra dor.
Ela é uma nave mãe,
ao separar-se de seu ninho
ou de *los niños*,
doem-lhem as vísceras.

Mas ela é capaz de,
sentindo todas as dores do mundo,
emergir do fundo do poço
dos absurdos da vida.

ASAS DE ELEFANTE

...não queria sujar papel tão fino
com dificuldades que apresenta a vida,
sem contar a dos outros, vida bandida...

recorreria a amigos,
dor no peito aperta,
alma perdida
recorre às almas penadas,
penadas purificadas passadas,

lidar com o descontrole,
leme contramão,
ética perdida,
moral perpetuada...

Oh! Carrinho de mão,
passa rápido
fase lenta,
umbigo de mãe,
pés de pai,
asas de elefante,
liberdade lenta
longe vai.

EXAGERO

Nos trópicos cansada,
calor atropela,
o tempo pára e sofre.
O a mais transcorre
e não soma.

O olhar não tem perdão,
não houve erro.
O exagero não é para um,
é prazeroso.

O outro não sou eu,
mas sim
o prazeroso exagero
que me rouba a pele.

ANTECIPAÇÃO

Evaporou-se o sentido,
a fome
e sua espreitada forma,
colapso.

Eterno retorno,
domínio.
A sensação é um ponto
não vácuo.

Antes que tudo carregue
nas costas em que peitos doem,
sossego é uma
respirada.

O tempo escapa...

No antever,
aqui comparece
vago.

ROSAMUNDI

Flui do jeito que pode,
foi emitida a passagem
conectado o fio do destino
que pode ser esquecido.

Não hesita em optar,
tecer a linha do tempo
na beira de um sonho
com muros, abismos,
escadas.

Desbloqueando
a fome ímpar
de caminhar
na angústia
do contra-senso

Azedo
Ácido

Rosebud
Rosamundi

PELE DAS COSTAS

Joga pra mim,
marca o tempo
deste domínio,

corta.

Arranca
placidez
da tez,
insensatez

do ócio.

Destranca
pele das costas,
perturbações
dos nervos...

...Faz voltar
desejo...

PONCHE

A mistura exata,

apagada a supremacia do umbigo
e o eloqüente discurso desiludido.

Um terço de vida
ao lado,

tão eternamente enquanto dure
um lar
de amor.

DENTADAS DE SATURNO

Fotografaram Saturno
a apenas 43 milhões de quilômetros
dali,
daquela espaçonave.

E aqui, a muitos mais milhões
de quilômetros,
ele está na minha cabeça,
no meu tempo.

Fotografaram a mim,
a cor que vi
eternizava
o cheiro do tempo
que o instantâneo
havia revelado.

MENTIRAS ABREVIADAS

Antes de você,
fui eu
que não ousei escutar.

Ceguei a fala
do impotente perdão
que envolvia
o medo maior
de acreditar
em mentiras
abreviadas.

- Não querer pensar,
pensar o tempo todo.

"O tempo como um toldo"*

DANÇANDO NO ESCURO

Para dizer de amores
que chegam devagarzinho
apreciam, adquirem substância,
consomem aparências.
Que dizer de amores assim, puros?

Soletrar caminhos,
fugir do óbvio?
Descobrir cada postura confortável.
- Aceitar o óbvio.

Que dizer de não estragar prazeres?
Prazeres e culpas, dores?
Soletrar o medo
e cansar.
Apanhar de surpresa algum espírito,
soletrar a vida
e existir.

De olhos abertos
simplificando o passo,
relaxando no caminho suntuoso.

De olhos fechados,
passando a limpo sutilezas,
o essencial destaca.
Let's dream!

LIÇÕES DE ABISMO*

Cansaço
aperta músculos estúpidos
que recebem toda carga.

A força
não se distribui.
Cai chão,
roda pião,
"lições de abismo".

É preciso inventar
nova forma de ser.

Caber
no tamanho da fome
e da gentileza.

Refletir o sentido puro do tempo.
Lembrar a palavra exata
do momento.

"O desejado existe,
existir basta."

Do ritmo ou tectônicas

cada idéia, por mais abstrata que seja, é comprimida numa imagem, e essa imagem é impressa numa palavra, por mais concreta que seja

Herbert Cysarz

POEMA URBANO

Hora de saltar,

mudar o disco,
a esfera.

No hemisfério
sintonia incompleta,
cibers,
aldeias,
concreto.

Entra na dança,
desagarra,
puxa a descarga,
sucumbe ao mito.

CARGA VIVA

Espia no fundo
da célebre peneira,
elabora escolhas,
despeja rios
e impossibilidades.

Chama,
sujeita a tudo
a todos.
Escolhe,
antes
acredita.

Peneira de um sonho,
pantomima
de uma atriz
sem texto,
crua
como tempero
na tábua.

MERGULHO

Colorido forte
cura aspereza da falta,
abstinência.

Mergulho
colore praias,
faz-se repentino
eco
de abraços,
pontua
recomeço,
cancela
minha dor.

TRAVESSEIRO IMAGINÁRIO

Aquece ouvidos breves,
descansa alma leve.

Estopim de sonhos premonitórios,
alcance bons destinos,
casas com telhados,
telhados com calhas,
caminhos sem peso,
calos sensatos,
rimas livres...

LAPSO FATAL

Noite,
pássaros de origami,
bonsais,
menu de praias.

Bloquinho,
35 centavos,
solução para desaguar
num prato limpo,
caro,
a estreiteza
de um lapso fatal,
fragilidade d'alma
diante do peso de máquinas.

PARÊNTESES

Choro exagerado
destrói a catapulta,
dissolve aparências
que enganam.

Sacudida pelo excesso
que implodia,
aparecia frágil
e despencava.

Risos demasiado ambiciosos,
expliquem à minha solidão,
os parênteses múltipla escolha
desses ritmos aflitos.

NÃO EXISTE PECADO ESCRITO

Abnegação fome angústia.
Treme no instante medo.
Engole áspero amanhecer desadjetivado.
- Deve ser assim,
rasgo.

Ímpeto força instrumento.
Mastiga lamento.
Escorre
pela borda de bordões,
trai rimas infiéis.
- Pensa repetido:
não existe pecado escrito.

LENTES QUEBRADAS

...mão desliza sobre folha
limpando, limpando...
farpa fina de linha
que fala desconsolo
como se fosse culpa.

Lentes quebradas
particularizam
destinos universais.

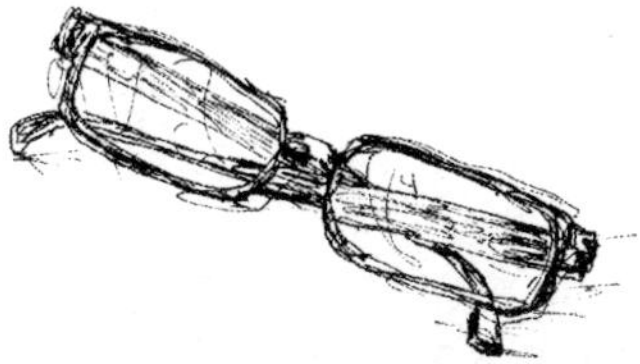

ANIMA

o mundo
a ocupação
o combinado
a preposição
o artigo

Cresce e carece.
- O mundo
cresce e carece.

Falência
espírito
estímulo
mudanças

-Anima anima,
anima anima.
Conhecer espaços,
ocupar terrenos.

CUPIDO

Espaço, queria tornar-se esperto,
procurou no olhar o dito
ficou pelo não dito.

- Aponta a seta cupido -
mais do que levemente ferido,
apunhalado.

Palpite, já não era possível
dizer
queira ou não queira.

Frio e fome matam,
juntos ou separados.

CHÁCARAS DA MENTE

Asperezas rarefeitas,
flagrante perfeito:
calma, sonho, plenitude.

- Abre-te Sésamo!

A ligação do sino
com o silêncio
etéreo.

Chácaras da mente
apontam o sério,
dizem a verdade.

SÚPLICA

É, calhou de ser assim,
Um momento estúpido.
- *Quante stupidàggine!*

Solicito fórmula especial para contagens
regressivas.
Desabaladamente,
desperto para a atualidade,
súplica:
salvem águas.

Súplica
          plica
               ica

É TÃO BOM

Abraço de urso,
síntese de espontânea simpatia.

Melhor que forte,
amável.

CLANDESTINA

a Clarice Lispector

Nem
tarde limpa,
nem
antúrios,
felicidade
se interpunha
          desapercebida,

ao notar-se,
perdia-se.

POMAR

A fruta fugiu de mim,
passei seca.

Na verdade,
eu é que fugi da fruta
e saí de mim...

O CAMINHO DA ALMA

Vale-transporte,
o pensamento conduz
o caminho da alma.

O que passa pelo espírito
tem mais pudor.

E o equilíbrio
de não machucar
a marcha em que o outro caminha.

TELEGRÁFICO

Berros no chuveiro,
teoremas matinais.

Choveram folhas,
o cinema ficou pra depois.

Toneladas,
costas pesadas,
ritmo estressado, lento.

Densidade mediana,
à tona, nada viria,
vaga superfície.

POEMA DO MAR

a Manuel Bandeira

O mar é mãe,
meu mar.
O mar é mãe.
Meu mar verde
me acolhe.
        O mar é mãe.
Poder de berço,
        vem onda, vem
                        mar.

FORMULÁRIO

Siga as instruções:
Avance para a linha dois,
não tenha medo de críticas,
ajude-as a encontrar a verdade,
duvide
e pergunte sobre tudo.

Se sublimar
for possível,
escreva.

DESTINO

Carteado,
o que soa ali
sucumbe à atenção:
sorte.

CURA

Creio deste modo não poder continuar,
mas me movo,
são ilusões que me fazem.
Mesmo se me engano,
são ilusões móveis.

Procuro jeito
de não ficar torta,
outro de ser livre
e pouco patética.
- De fato,
me calo.

POEMA SOLTO

Sílaba
simboliza
melancólico
interfere
conteúdo
conduta
fere

símbolo
teoriza
espectro
materializa
feto
solidifica
afeto

marca
caracteriza
impera
rivaliza
imprime
banaliza
pré-concebe

PRISMA

Oh! Contente
em ser contundente,
ainda que num prisma
solitário.

Soube disso
assim que as luzes apagaram.

Em seguida à cegueira abrupta,
clarões
lentamente intensificados
permaneceram,
enquanto outros,
intensos efêmeros,
provocaram
e esvaeceram.

FOGOS DE ARTIFÍCIO

Nenhuma daquelas palavras
serviria
para ser dita,
no entanto escritas,
faziam certo sentido
que estourava
nos lábios
riscos
de fogos
de artifício.

Aquilo que parecia
descontrole
seria, de outro ângulo,
soberba,
intrépida desculpa d'alma,
saber silencioso
de intervir
no destino traçado.

TECTÔNICAS

A origem desses gritos
está na desordem do inferno
que já queimou,
já molhou,
já secou.

Fama maior
que a realidade,
entorpeceu a forma,
distraiu o espírito.

Danou-se a ficar por baixo,
caiu nas trevas,
suspirou em direção ao bonde
do chamado desejo.

Acudida,
foi solucionada,
até evaporar-se
o sentido de vítima.

No ventre,
denominou-se histeria,
tectônicas melodias
de uma voz bombardeada.

PÉROLA IMPERFEITA

Meio anjo,
meio besta,
cruel
feito farpa escondida,
vazia
como caneta sem carga.

Explode limites
e ilusões,
transcende melancolia.

Fé e dúvida,
tosse e fantasia.

Não é o que parece ser,
tudo muda
para que nada mude.

JANELA DA ALMA*

A pessoa se mostra pelo nariz
e pelo olhar.
O olhar se mostra pelo nariz
e o que enxerga é a testa.
A testa é a visão que se põe,
ovo enrugado do que cresceu,
estampou,
amadureceu.

DESCALÇO

Agora,
de nada adianta pensar
e era só o que fazia.

Roleta,
passou a fazer parte de uma utopia
e no espaldar da cadeira
só não valia a ausência
desconcentrante.

Atitudes e reservas,
a balança não serve ao intuito.
Serve o intuito à balança?

Agora,
de nada adianta pensar
e era só o que fazia,

até pisar descalço
e parar de mandar avisos.

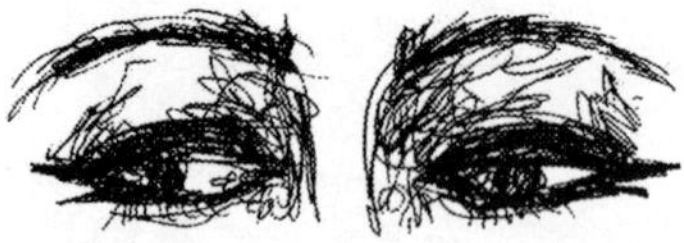

CAMINHOS ABERTOS

Finalizar tarefas,
arrumar gavetas,
dar.

Arredondar círculos,
expandir sonhos
e costelas.

Olhar o medo
não paralisa,
só faz ter sentido.

Orgulho
foi-se ao vento...
língua deu a partida,

foi
foi tudo,
da fachada
ao umbigo.

VIDA SELETIVA

A desobstrução de pilares
inclui: canais lacrimais,
vias respiratórias
e digestivas.
Abarca tentativas,
tonteiras,
espasmos.

Um dia, saem os entulhos.
Tiramos feito capacete,
afrouxando a pressão do cerebelo.

– comportamento estranho –
ao lado comentam.
Mal sabem,
tratar-se de alívio,
desconstrução de
dotes rejeitados.

Onde era ermo,
inócuo e tenso,
principia o verbo,
aparece força.

Mágicos,
alcançamos a dádiva
de conduzir
e fluir,
sem estratagemas.

Da sátira
ou temperos

certas palavras são como especiarias, devem ser utilizadas com extrema parcimônia

José Eduardo Agualusa

ASSOMBRO DA PERCEPÇÃO

Causas secretas
camufladas,
poses podres de poder,
“enquanto os homens exercem seus podres poderes”*
falam esquisito,
fingem que pedem opinião,
mas não têm ouvidos,
e no entanto,
tantos ossos,
quanto nós,
(os) assombrados.

SOBREVIVÊNCIA SIMULTÂNEA

Ar comprimido
estoura fontes inesgotáveis,
afirma ser o impossível,
derrotável
na marra.

Estepe sobrevive,
mas vai ser trocado.

Compressed air
Bursts endless fountains,
Claims that the impossible
can be defeated
with fighting.

Spare tire survives,
but it will be replaced.

DEPOIS DO SONHO MANDACARU

Depois do sonho mandacaru,
não confundir brechós
com bordéis.
Não confundir etílico
com ética.
Não confundir sálvia
com tempero.
- Escusa, mas é tempero,
tempero erva.

Toque de caixa tem seu preço
e nem sempre tem gosto leve!

Arranco só em Varsóvia.
Por essas terras pega no tranco,
no tchan,
tudo é bunda.

"O que abunda não prejudica"
- O que abunda nó prejudica!

GULA

Como assim
para aplacar,
conter paredes
dilapidadas.

Quase calo
o que
urge.

No entanto,
não consinto
o silêncio
que pressinto.

- Pouca luz,
cama.
Ação!

DOIS BEIJINHOS

Perfume se espalhou,
não sabia usar.
Podia até ser bom,
mas não sabia usar.

No rosto que colava,
perfume colava.

Perfume se espalhou,
passou dos limites.
Foi parar no vizinho,
sem ser convidado.

No rosto que colava,
perfume colava.

O SACRIFÍCIO

Não sonho fixo,
sonho trêmulo
Oh! O sacrifício,
quem inventou isto?
Os ricos
ou Jesus Cristo?

BÊBADO

Soluços,
sou lúcido,
Seu Lúcio?

- Não me interrompa!
Eis que exprimo,
por conta própria,
numa rima irritada
que detona
soluços.

Maresia,
a que se destina
tanta saudade,
o que termina
em ânsia e azia.

Estarrecido, estarei sido.
- Pensar que continuo de olhos abertos,
soluços...

CHORUME

Sob o efeito de cismas,
sofria,
num canto até ser tapeado.

Acalmou-se,
cantou com o pai,
dançou com a mãe.

Pajé pediu,
cacique acatou,
a dança que a cura acalmou.

Combate assim sacoleja,
após o baque, o xote,
chorume de estrelas.

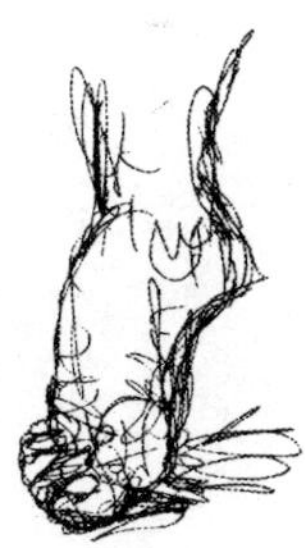

POEMA DOS SAPOS

A sabedoria dos sapos.

Por que engolir sapos?
Deitar e rolar,
significa
relaxar
sem engolir sapos?

A fonte íntima,
de que maneira preservar?

Não engolir
sem mastigar.

TEMPEROS

Na arrogância,
um basta
sem alianças,

No azedume,
suspiro,
pitada de limão,

No sal,
um susto,
um susto no sal,

No frescor
verde,
erva é sugestão.

A arte de misturar,
variar temperos,
destrói vermes
literalmente.

Epígrafe, p.6 - *O Instante Eterno*, Michel Maffesoli, Editora Zouk, 2003

Em *Mentiras abreviadas*, p. 19 - A Coisa Como Um Toldo, Jairo Lobo, Ed. Ciência e Paz, 1995.

Em *Lições de Abismo*, p. 21 - Lições de Abismo, Gustavo Corção, Ed. Agir, 1962

Em *Janela da Alma*, p. 50 - Documentário de João Jardim e Walter Carvalho, 2002

Em *Assombro da Percepção*, p. 56
Verso de Caetano Veloso

Solange Casotti é poeta e roteirista de programas para a televisão. Lançou o livro de poemas *Ventanias* em 1997, pela Sette Letras, e fez o vídeo-poesia de mesmo nome com a cineasta Malu De Martino. Em 1988, participou de uma oficina de poesia com a poeta Susana Vargas. Em 1987, uma série de seus poemas foi traduzida para o italiano e participou do concurso literário Cittá de Roma.

Nascida em Cachoeiro de Itapemirim (ES) em 1965, Solange vive no Rio de Janeiro desde 1982. Trabalhou em mercado de livros, editoras e distribuição de filmes nacionais. É formada em Direito pela Universidade Estadual do Rio de Janeiro.

Tectônicas traz uma seleção de poemas escritos num período de nove anos de intensa atividade. O livro é ilustrado pelo artista plástico Guilherme Secchin e dividido em três partes: *Do Tempo ou Dentadas de Saturno*, com reflexões sobre dificuldades da vida; *Do Ritmo ou Tectônicas*, em que os temas passam por natureza, escrita e convívio urbano; e *Da Sátira ou Temperos*, com seus perfumes que espalham humor.

Índice

Do tempo ou dentadas de saturno

Do ritmo ou tectônicas

Da sátira ou temperos

Este livro, nono da coleção Canto do Bem-Te-Vi, foi impresso em abril de 2007 para a Bem-Te-Vi Produções Literárias Ltda. em papel pólen soft de 80 gramas, com tiragem de 1000 exemplares pela Imprinta Express Ltda. Rio de Janeiro, RJ